ESSAI MORAL

SUR

LES RÉVOLUTIONS.

Par UN VIEILLARD DE 75 ANS.

Sans l'esprit le bon sens est quelque chose ;
L'esprit sans le bon sens n'est rien.

PREMIÈRE PARTIE.

Prix 5o cent. par cahier ; les autres cahiers paraîtront successivement, si les précédens sont accueillis.

A BORDEAUX,

CHEZ PIERRE BEAUME, IMPRIMEUR-LIBRAIRE,

ALLÉES DE TOURNY, N.º 5.

1831.

ESSAI MORAL

SUR

LES RÉVOLUTIONS.

I.er ESSAI.

Il n'est point question d'approfondir les causes
des bouleversemens des états : si l'on voulait
remonter jusqu'à leur source, on trouverait sans
doute qu'elles viennent de la corruption. Le
bon sens porte naturellement l'homme au main-
tien de l'ordre, base de l'édifice social, qui
s'écroule dès que la saine raison n'est point
écoutée. Il est de la plus grande importance de
bien comprendre une vérité qui ne saurait trop
occuper l'esprit du sage : c'est le déchirement
inévitable que les générations existantes souf-
frent par le renversement du pacte social qui
unit la grande famille. Quels que soient les abus
auxquels on veut remédier, le remède est tou-

jours plus terrible que le mal, si pour y parvenir il faut détruire la constitution établie.

Mais on dira que les griefs sont insupportables, qu'il y a de la lâcheté à les souffrir plus long-temps, et qu'il est beau de faire les plus géné-reux efforts pour secouer un joug oppressif; que d'ailleurs ces catastrophes doivent arriver tôt ou tard, et que les états qui ne les ont point subies les subiront un jour : les livres nous l'ap-prennent assez. Ces raisonnemens viennent des passions exaltées, et non de la sagesse. L'histoire des peuples nous apprend que les maux qui ser-virent d'abord de prétexte pour opérer le chan-gement de régime dans divers grands pays, n'étaient point insupportables, puisque les na-tions qui s'aveuglèrent au point d'y trouver un motif assez puissant pour changer l'état qu'ils connaissaient contre un qui avait séduit leur imagination, mais dont les avantages ne pou-vaient être connus, furent bientôt accablés par de plus grandes vexations que celles dont ils se plaignaient d'abord; et ils éprouvèrent à la fin des malheurs extrêmes qu'il fallut supporter sans même oser se plaindre !

On a surtout lieu d'être surpris de voir, en dépit des leçons de l'histoire, des êtres rai-sonnables se plonger si légèrement dans les mi-sères et les calamités qui ont constamment suivi les désordres civils. La raison nous dit que rien de ce qui appartient à l'humanité n'est parfait ; que, de quelque côté que l'homme se tourne, il rencontre plus de mal que de bien. S'il est véritablement raisonnable, il souffrira avec patience les maux qu'il ne peut éviter : la raison, disons-nous, lui commande de rendre grâces à Dieu du peu de bonheur qu'il goûte dans la situation où il l'a placé, et de ne pas perdre de vue les conséquences des révolutions, toujours funestes aux peuples, lors même qu'elles n'éclatent pas avec toutes les horreurs de l'anarchie. Semblables au fléau qui détruit l'espèce humaine, elles commencent leurs ravages par la mort d'un petit nombre de victimes, et continuent progressivement à répandre leur poison, tandis que les haines, toujours croissantes avec le mal, en hâtent les effets. Les têtes qui ne sont point frappées d'abord ne sauraient être rassurées sur l'avenir. Le principe destructeur menace tout le monde sans distinction : il est près d'atteindre les hommes qui vivent dans la sécurité, comme ceux qui le craignent, et il frappe souvent lorsqu'on s'y attend le moins. Les personnes justes, inoffensives et paisibles, ont tout à craindre ; leurs vertus sont des titres à la persécution des méchans que la licence multiplie d'une manière épouvantable. Il se trouve partout des dénonciateurs, ennemis naturels des gens de bien, et même de ceux qui ont coopéré avec eux aux malheurs publics, si les places ou les richesses qu'ils possèdent ont assez d'attrait pour exciter la jalousie ou le désir de s'en emparer. Dans ce temps calamiteux, les passions brisent tous les freins, la démoralisation est à son comble, on croit que tout est permis et légitime.

Il y a quarante ans que le plus beau royaume du monde fut attaqué d'une fièvre révolutionnaire ; les symptômes, comme cela arrive souvent dans les maladies fiévreuses, ne présageaient d'abord rien de sinistre ; les docteurs n'y voyaient qu'un heureux conflit, qui, en dégageant le corps politique d'une masse de matières putrides appelées abus, lui rendraient la force et la fraîcheur, débilitées et flétries dans le cours d'environ neuf siècles. L'illusion fut courte ! les accès se succédèrent bientôt avec redoublement ; on ne sait que trop quels malheurs s'ensuivirent. Une rage, inconnue jusqu'alors, se répandit partout, et ne se calma qu'après plusieurs années de souffrances, de cruautés et de meurtres inouis. Heureux encore si la raison avait pu reprendre son empire, et anéantir le mal sans retour ! Il n'en fut pas ainsi : il resta caché en dedans. Les agitations intermittentes décélaient bien que le venin avait perdu de sa force, mais non de sa malignité. Après une suite d'années de paix et d'abondance, une nouvelle crise se déclare ! Les accès, comme dès le commencement de la maladie, sont tempérés après un combat sanglant. Néanmoins, depuis qu'elle s'est prononcée, des secousses effrayantes troublent tout le corps social. Le peuple est triste, inquiet, chacun cherche en vain à tracer la ligne où les peines, la détresse et la misère doivent trouver leur terme. L'avenir seul peut éclairer les hommes, et leur montrer toute la profondeur du précipice où l'ambition et leurs égaremens les ont plongés.

Par suite du choc que le bouleversement a produit, le commerce et l'industrie sont paralysés, la confiance est détruite, et les maisons de commerce les plus marquantes se voient réduites à arrêter le cours de leurs affaires ou à suspendre leurs payemens. Des milliers de familles, heureuses avant la catastrophe, se trouvent dans une affreuse pauvreté ; une masse énorme d'artistes et d'ouvriers, ne trouvant plus d'ouvrage, manque de pain ! Le malaise est général, et la discorde déchire la grande famille. La partie paisible de la société est effarée ; l'autre, en proie à un esprit turbulent, voudrait anéantir tout ce qui lui porte ombrage, ou qui ne seconde point ses projets violens. La nation passe en un moment de la paix à une guerre intestine, et le peuple d'un aimable abandon à la défiance; de la tranquillité à des agitations épouvantables. Nul ne peut entrevoir la fin de cet état malheureux, ni découvrir un lieu sûr contre les dangers qui le menacent. De quelque côté qu'on se tourne, on trouve la crainte ou le soupçon. Les communications naïves, les rapports d'intérêt et même les liens du sang se relâchent ou se brisent. Les liaisons de l'amitié, sans lesquelles la vie de l'homme serait semblable à celle de l'animal brute, cessent pendant le désordre qui naît des troubles civils. Les divisions, les querelles politiques, la méfiance et la haine les remplacent. Par surcroît on ne peut trouver la consolation, ni l'espoir de l'arrivée du jour où la calamité publique doit faire place à la concorde et au bonheur. Les maux que l'avenir peut produire sont indéfinis comme leur durée.

Depuis près d'un demi-siècle cette agitation se fait sentir dans toute l'Europe; elle a déjà causé la mort prématurée de plus de cinq millions d'ames, et divisé le peuple du plus beau pays du monde en quatre partis exaspérés. L'union qui existait entre les enfans de la même famille a disparu; son retour est une félicité que la génération présente ne peut se promettre de revoir. C'est toujours un petit nombre d'ambitieux, d'une imagination exaltée, entreprenans et durs, qui fait les révolutions. Ils se forment d'abord en clubs secrets qu'une ruse profonde entoure. Tout ce que le génie du mal peut concevoir est mis en œuvre pour déjouer les recherches de l'autorité légale, et se soustraire aux rigueurs des lois. Mus par les mêmes passions et les mêmes vues, ils travaillent sans cesse dans l'obscurité à l'accroissement de leur parti. Ils attirent d'abord des hommes d'un esprit analogue au leur et faciles à gagner, ou une jeunesse ardente, toujours prête à saisir ce qui flatte sa vanité, chez qui l'expérience et la sagesse n'ont pu encore tempérer l'ardeur des passions. Bientôt leur nombre s'accroît. Les plus rusés et les plus adroits sont envoyés pour former des associations correspondantes dans toutes les grandes villes, et agir de concert avec le club directeur. La trame est conduite avec tant d'art qu'il est très-difficile, sinon impossible, d'en découvrir les principaux artisans. A l'aide du mensonge, de la calomnie et de l'or, ils parviennent à glisser insidieusement leurs maximes pernicieuses parmi la multitude qu'ils séduisent en lui persuadant qu'elle est opprimée, malheureuse, et que le retour d'un bonheur idéal ne peut être opéré que par le nouvel ordre de choses

qu'ils méditent. Parvenus, à force de décep-
tions, à exciter le mécontentement du peuple,
il se soulève, et croyant que les promesses trom-
peuses des séducteurs vont s'accomplir, qu'il
sera désormais heureux, que les abus et les
maux inséparables de la nature humaine vont
disparaître pour toujours, il porte le coup mor-
tel à l'ordre social. La populace, éternellement
dupe, croit qu'elle adoucit son sort en se livrant
à de coupables excès, lorsqu'elle ne travaille en
effet qu'à l'élévation et à la fortune de ceux qui
la trompent, dont elle n'est que l'instrument, et
finit par être oubliée et plus malheureuse qu'elle
ne l'était avant d'avoir commis des crimes qui
déshonorent l'humanité : s'il en résulte quelque
avantage réel, il est réservé à un très-petit nombre ; mais les peines et le repentir sont à la fin
la part de la masse du peuple.

Dans un siècle aussi éclairé que celui où nous
vivons, il ne peut y avoir que la classe labo-
rieuse qui ne soit point instruite des malheurs
qui accompagnent la subversion de la société ;
et toutefois il semble qu'un grand nombre de
gens éclairés se plaît à changer de gouvernement, comme d'une chose d'aussi peu de consé-
quence qu'un vieux meuble. Cela ne fait-il pas
supposer l'absence de la raison, ou qu'un esprit
tyrannique les aveugle et les pousse vers un abîme

de malheur ? D'abord, le prétexte plausible est
de remédier à des abus. On serait peut-être par-
donnable si l'on ne savait pas que la gêne que
ces abus, souvent imaginaires, font éprouver,
n'est rien en comparaison de la misère que les
révolutions amènent, sans parler des crimes
qu'elles occasionent. Il est impossible de s'abuser sur ce point, et cependant on ne craint pas
de s'y exposer ; on veut même risquer sa fortune,
sa vie et celle des autres, pour contenter son ambition, flatter l'amour-propre ou satisfaire des
haines personnelles.

Dans tous les temps, les peuples qui ont voulu
mettre fin par la force à des maux qui viennent
de notre imperfection, se sont trouvés ensuite plus malheureux qu'ils ne l'étaient avant
la révolte. On ne trouve point d'exemple du
contraire. La paix est le premier bien de la vie ;
toutefois on y renonce pour courir après un
avantage qui est idéal d'abord : s'il se réalise à la
fin, on ne peut en jouir soi-même, car le bonheur que l'on cherche ne saurait être senti que
dans un temps fort éloigné ; et personne ne sait
positivement si ce que l'on désire avec tant d'ardeur est à la portée de l'homme. Dans tous les
cas, c'est enveloppé d'un avenir dont le secret
est impénétrable, et l'on meurt en attendant !

Le sage n'oublie point que ce monde est un

lieu où il ne doit séjourner que quelques momens ; il espère , avant de le quitter , que les erreurs et les injustices dont il a pu se rendre cou-
pable pendant ce court espace, lui seront re-
mises, et qu'il sera éternellement heureux dans
l'autre. Ce n'est pas ainsi que des millions d'hommes pensent dans ce siècle de lumières. Les uns
meurent, pleins de l'espoir qu'un président ad-
ministrera leurs arrière petits neveux ; les autres,
que ce sera le fils d'un despote qui les a gou-
vernés avec un sceptre de fer ; ceux-ci un Roi-
citoyen ; ceux-là ne veulent ce fantôme du
pouvoir, qu'à condition qu'il ne gouvernera
point selon sa propre sagesse, mais qu'il sera
lui-même soumis à la souveraineté d'une populace effrénée. Chaque parti veut exposer la vie
pour son idole, aucun ne pense à celui qui est
mort pour tous !

C'est ici surtout que la misère et la faiblesse
humaine offrent l'aspect le plus déplorable ! Le
novateur est tout occupé, même en rendant
l'ame, d'un monde auquel il n'appartient point.
Dans peu de momens il en sera séparé pour
toujours, et quelques mottes de terre couvriront
sa misérable dépouille du voile de l'oubli. Au
lieu de penser à la demeure éternelle, son esprit ne s'attache, pendant le peu de temps qui
lui appartient, qu'aux constitutions et aux char-

tes dont doivent jouir, après sa mort, les habi-
tans d'un petit point de terre agité sans cesse
par les tempêtes, et que les haines implacables
rendent encore plus malheureux ! Où sont les
coryphées qui ont fait tant de bruit et de
mal pendant le court espace de leur existence ?
Quelques minutes ont suffi pour faire descendre
les plus exaltés dans la fosse, et ceux qui survi-
vent n'ont qu'un souffle de vie ! Que leur reste-
t-il après tant de manœuvres, de mensonges,
tant d'artifices et de fracas ? Rien ! Qu'ont-ils
poursuivi ? Une chimère ! A moins qu'on ne
compte pour quelque chose de réel les proces-
sions et les pompes funèbres qui les ont accom-
pagnés jusqu'au petit creux fait en terre pour
recevoir des cadavres qui ne valent pas un chat
en vie. Ces spectacles orgueilleux n'ont rien de
nouveau. On lit dans les fastes de l'antiquité, que
les Payens accordaient la gloire de l'apothéose
aux auteurs de la misère publique, qu'ils se plai-
saient à parer leurs tombes de fleurs, à y brûler
de l'encens, et à haranguer leur poussière.

On vante fastueusement les progrès des lumières, des sciences et des arts : si ce n'est point
une véritable vanterie, les hommes doivent être
plus vertueux, plus sages, plus francs, plus dé-
tachés des biens et des honneurs de ce monde
qu'ils ne l'étaient dans l'état d'ignorance. On

connaît les progrès réels de l'esprit, par l'avancement de la vertu et de tout ce qui peut contribuer au bonheur de la race humaine. L'égoïsme, l'ambition démesurée, la soif insatiable de l'or, fille du luxe et de l'avarice, la mauvaise foi, la perfidie, la fraude et l'insensibilité, sont une preuve positive de décadence et non de perfectionnement. Si l'on persiste à mettre les arts corrupteurs sur la première ligne du bien, si l'on veut mesurer les progrès de la littérature par le nombre de livres, de pamphlets et d'écrits quotidiens qui ont fait gémir les presses innombrables depuis quinze ans; si l'on prend, disons-nous, pour preuve des lumières l'avidité d'une masse de lecteurs, souvent incapable de bien sentir les conséquences de ce qu'elle lit, on sera forcé de convenir que les progrès sont énormes. Les ouvriers de tous les métiers sacrifient un temps précieux à la lecture des gazettes; le savetier même met la savate de côté pour juger les lois qui ont passé dans les deux chambres; et de sa sellette, changée en tribunal, il condamne ou approuve les discours des ministres et des représentans de la nation! Qui pourrait, d'après ces faits, nier les progrès de la lecture? Aussi, faire des journaux et des pamphlets est un métier lucratif où chacun s'exerce à sa manière, non pour instruire et rendre les ignorans meilleurs, mais pour les corrompre en flattant leurs passions, leurs faiblesses; et trop souvent en justifiant leurs forfaits, toujours dans la vue de gagner de l'argent à un commerce qui n'a pour fonds que le mensonge, l'astuce et la fourberie.

Rien de plus commun que les plumes vénales! ces instrumens légers tournent à tous les vents. On ne sait que trop bien que ceux qui s'en servent soufflent le froid et le chaud, selon le temps, les circonstances et le poids de la *pécune* offerte à leur comptoir. Ils ne sont pas toujours satisfaits d'acquérir la fortune, ils aspirent aux dignités; on peut en voir qui insultent à la vertu par des trophées, et quelquefois ceux qui les étalent effrontément à leurs boutonnières sont des ineptes, des mercenaires qui se pavanent de phrases mensongères métamorphosées en croix d'honneur, et achetées aux écrivassiers qui rédigent leurs journaux (1). Le monde est inondé

(1) « Ces journaux mercenaires veulent établir leur magisturatre sur » un peuple vainqueur de toute la terre. Cette magistrature est le con- » traire du gouvernement des meilleurs. C'est le gouvernement des plus » vénaux et des plus vils. L'on a vu des nations écrasées par la force, » d'autres furent trompées par la superstition. Aucune société encore » n'avait choisi pour guides des hommes qu'elle accablait elle-même de » sa déconsidération. Ceux-ci ne fournissent à la France ni l'excuse de » l'illusion ni celle de la terreur. Ce n'est ni du fond du sanctuaire ni du » haut du trône qu'ils l'aveuglent et l'asservissent, c'est du sein du mépris » qu'ils la corrompent et la dégradent; ils sont réunis par le mensonge, » ils ont pour principe une ligue impie en faveur de tout ce qu'ils disent,

d'écrits éphémères ; tels sont les progrès dont on est si glorieux aujourd'hui, que la vogue de ces ouvrages est proportionnée au poison qu'ils répandent dans la société, d'où les bons livres de morale semblent être bannis.

La raison est sans doute chez l'homme ce que l'instinct est dans la bête brute. Celle-ci ne fait jamais rien qui ne soit en harmonie avec son être. Si elle souffre quelque mal, il lui vient du dehors, et jamais d'elle-même. Le chef-d'œuvre du Créateur s'agite sans cesse, et se rend malheureux pour saisir des objets qu'il cherche sans les connaître ; et à peine les a-t-il possédés quelques momens, qu'il les lâche pour courir après d'autres qu'il ne connaît pas mieux. On nous dit que tel est l'état de la nature humaine, que ce que l'on voit à présent s'est passé à différentes époques. Triste consolation ! elle semble appuyer une idée affligeante qui ravale la dignité de l'homme. Mais il est faux que les nations chrétiennes eussent déjà commis des erreurs et des crimes semblables à ceux dont les pages de l'histoire ont été ternies depuis quarante ans. On a

---

» à l'envi, de faux, d'injuste ou de calomnieux. Leur opprobre fait leur
» puissance : ils étalent leur dégradation, et vous les entendez, naïfs dans
» leur bassesse, se vanter de ce qu'à l'abri de cette égide ils lancent im-
» punément leurs traits empoisonnés, et déshonorent avec d'autant plus
» d'audace que leur sauve-garde est le déshonneur. »

Des Réactions, an 5, par M. Benj. Constant, page 42.

voulu bannir les maximes salutaires du Sauveur du monde, pour mettre à leur place celles d'une philosophie corruptrice. Dès-lors les excès de tous les genres se sont répandus dans le monde, le mal s'est accru à proportion qu'on s'est éloigné des préceptes divins pour se rapprocher des principes désorganisateurs, et l'on s'est plongé à la fin dans un abîme de misères et de crimes dont l'histoire n'offrait point d'exemple chez les peuples civilisés, avant l'introduction des nouvelles idées philosophiques. Cela devait être ainsi; car l'homme est si imparfait, qu'il ne peut rien tirer de lui-même qui remplisse le vide que l'absence de la foi en Jésus-Christ laisse dans le monde.

Les doctrines évangéliques ne sont point usées, comme on a osé le dire dans les journaux des adeptes de la philosophie moderne. Elles ont toute la force du premier temps de l'Église pour ceux qui n'ont pas eu le malheur de se laisser corrompre. Les ennemis de la religion ont profité, avec beaucoup d'adresse, des déréglemens de certaines personnes « qui n'hono-» rent Dieu que des lèvres, et qui enseignent des » maximes et des règles qui ne viennent que des » hommes. » (Mathieu, chap. 15). Leur mauvais exemple a servi et sert encore à égarer des gens faibles ou libertins. Voilà tout le triomphe

2

des philosophes. « L'Église de Jésus-Christ est » édifiée sur la pierre, et les portes de l'enfer » ne prévaudront point contre elle. » (Mathieu, chap. 16). Il est digne de remarque que tous les dissidens suivent l'Evangile, ils le défendent contre les attaques des incrédules, et même ceux-ci reconnaissent les beautés morales et sublimes de ce livre incomparable, tandis qu'ils rejettent la divinité de l'auteur.

Que ce soit en matière de religion ou de politique, c'est une chose merveilleuse de voir avec quelle facilité les hommes s'abusent eux-mêmes et trompent ceux qui les écoutent. On trouve toujours des raisons pour justifier les erreurs ou les fautes qu'on a faites, et c'est un triomphe glorieux pour les trompeurs de penser à la bonhomie de leurs dupes, lorsqu'ils les ont amenés à croire ce qu'ils ne croient pas eux-mêmes. La bizarrerie et l'aveuglement de certaines gens porteraient à croire qu'ils s'étourdissent jusqu'à s'imaginer que leur folie est sagesse, et que le mal qu'ils font est un bien. Égarés par des passions violentes et déréglées, ils sont incapables de voir juste. L'orgueil, la vanité, l'ambition de s'élever au-dessus des autres et de faire fortune, sont les véritables ressorts qui les poussent en avant, et néanmoins ils veulent que l'on croie que l'amour de la patrie, de la liberté, et le plus noble désintéressement, sont le mobile de leurs actions, lors même qu'il est visible que les chefs des différens partis et leurs subordonnés ne travaillent que pour eux. Le bien qu'ils prétendent vouloir faire à la patrie est un piége grossier où des millions d'hommes soi-disant sages se prennent.

Il y a eu à certaines époques des mots adoptés comme des talismans préservatifs, et tant que la mode en a duré, il a fallu se courber humblement pour rendre hommage à l'idole du jour; l'homme raisonnable, qui aurait voulu déchirer le voile de la superstition et de la supercherie, aurait couru de grands risques. Ce qu'il y a de plus sacré chez les hommes, la religion, a servi autrefois de prétexte à des vues politiques et à des assassinats horribles : des milliers d'innocens furent sacrifiés au nom du Dieu de paix et de justice. Les noms de liberté et de patriotisme sont à présent en politique ce que la grâce et la foi furent jadis en matière de religion. Quiconque ne répétait point ces noms à haute voix n'était point chrétien; à présent, on n'est plus l'ami de son pays si l'on veut se guider selon les règles du bon sens; pour être bon Français, il faut se laisser entraîner, et dire souvent : Vive l'idole en vénération! ou bien se soumettre à passer, aux yeux des hommes qui voient différemment, pour ennemi de sa patrie. Le patriotisme dont tout le monde parle aujourd'hui avec emphase est aussi rare que l'étaient les vrais principes de Jésus-Christ, dans le temps où l'on commettait des horreurs en son nom. Il suffira de définir le terme patriotisme, pour prouver que la chose ne fut jamais plus rare qu'elle l'est dans le temps où nous vivons. Qu'est-ce donc que le patriotisme? C'est une vertu sublime qui porte celui qui la possède réellement à ne voir son propre bonheur que dans la prospérité de son pays et celle de ses concitoyens. Le moi n'est rien pour lui, et il est toujours prêt à servir sa patrie, sans qu'un vil intérêt personnel l'y pousse. Toutes ses actions ne tendent qu'à un seul but, la gloire, le bien et la paix du grand corps dont il n'est qu'un membre diminutif. Loin de rechercher les emplois honorables, les places lucratives et les pensions, il recule pour faire place à des milliers d'hommes avides de tout cela, et qui se froissent réciproquement pour en déplacer d'autres, ou pour arriver les premiers aux bureaux des chefs qui les dispensent, afin de se faire des partisans. Les dispensateurs les reçoivent d'abord: ils en distribuent ensuite à la tourbe de solliciteurs, au même titre illusoire qu'ils les ont reçus. Lorsque le patriotisme est une vérité chez l'homme, il est désintéressé et sans prétentions; il ne sollicite jamais.

Si le public rend justice à ses vertus et à ses talens, s'il va le chercher, il accepte l'honneur de le servir, à condition qu'on n'entravera point les mesures qu'il a méditées pour le bien de tous : dans le cas contraire, il préfère la retraite, ou il quitte son poste lorsqu'il ne peut y remplir ses devoirs sans déroger à ses principes et à son serment. Aristide et Pédarète, chez les Grecs, étaient de vrais patriotes. L'illustre américain Washington a mérité ce titre. On cherche encore chez nous, depuis quarante ans, pour découvrir parmi tant de novateurs un homme à qui l'on puisse le donner justement ! Mais on ne trouve que ce qu'on avait déjà vu : des ambitieux, des égoïstes, des trompeurs, unis d'abord sous la même bannière, agissant de concert pour arriver au même but, se divisant après la victoire, et tout prêts à se déchirer les uns les autres, comme firent leurs prédécesseurs, lorsqu'il fallut se partager le pouvoir et les richesses acquises par la force et la fourberie.

Travailler sans cesse, sous les vains prétextes de patriotisme, d'amour de son pays, à bouleverser le gouvernement, ne peut produire que les plus grands maux. Vouloir y attacher le mérite de servir la société, n'est que la preuve du désordre de l'esprit, ou de la corruption du cœur. Un nombre considérable de grands noms du côté des talens, de la naissance et de la fortune, se coalisa d'abord afin d'opérer une révolution, soi-disant pour le bien du peuple. Le bel œuvre accompli, il se trouva plus misérable qu'il ne l'était auparavant! Peu de temps après, le chef des cons-pirateurs et plusieurs de ses complices périrent sur l'échafaud, par l'adresse perfide d'une partie des associés; et ceux qui purent échapper à la mort, allèrent traîner des jours d'affliction dans des pays étrangers. Leurs biens furent entière-ment perdus ou réduits à peu de chose. Jamais on ne fit tant de mal avec de si grands moyens de faire le bien. S'ils eussent eu réellement pour but le bonheur du peuple, qui pouvait comme eux adoucir le sort des malheureux? Rien ne les empêchait de faire défricher les terres in-cultes de leurs immenses domaines, de faire planter, en grand, à toutes les extrémités des biens défrichés les arbres qui portent des fruits nourriciers, tels que des noyers, des châtai-gniers, des pommiers, des bois de chauffage, etc. pour servir aux familles des ouvriers qui n'ont point de terre. L'exécution d'un tel plan aurait produit le double avantage de donner du pain à des milliers d'artisans, et d'accroître la for-tune du propriétaire, dont une partie du gain eût pu être employée à l'établissement de plu-sieurs bureaux de bienfaisance. C'eût été rendre

au peuple et à la postérité des services positifs
exempts de tout soupçon injuste. Pourquoi
s'abuser plus long-temps? Il en est aujourd'hui
comme alors. L'orgueil, l'ambition, l'égoïsme,
sont les moteurs de tout ce qui s'est passé. Le patriotisme n'est qu'un mot vide de sens, ou plutôt
un personnage muet qui figure dans le drame
déplorable : le peuple, à la fois machine et
joué, paye tous les frais du spectacle.

Depuis près d'un demi-siècle, les hommes trai-
tent les leçons de l'histoire avec autant d'indif-
férence que les préceptes du Sauveur du monde.
Aussi s'est-il opéré dans ce court espace de temps
plus de révolutions en Amérique, en Europe,
et particulièrement en France, qu'il ne s'en
était fait pendant mille ans. D'où viennent le
malaise et l'inconstance des nations chrétiennes ?
La cause en a déjà été signalée, mais la question
est d'un si grand intérêt qu'il est bon d'y revenir.

Des gens doués de grands talens dans l'art
d'écrire se sont appliqués à répandre dans le
monde de vaines théories, et à effacer du cœur
des hommes les préceptes du divin Législateur.
Ces préceptes prescrivent l'humilité, la soumis-
sion aux lois, l'obéissance, le mépris des richesses et des honneurs de ce monde. La philosophie moderne, altière et présomptueuse, ne peut
se soumettre à des règles aussi gênantes : une

religion austère ne saurait lui convenir; elle
forme un divan des adeptes nombreux qu'elle
a séduits, où la chute du christianisme est ré-
solue en quatre mots : *Il faut écraser l'infame !*
Cette extravagante impiété rappelle le souvenir
de la tour de Babel et de la guerre des Géants.
Tous ceux qui ont lu l'histoire sacrée et profane
savent ce qui arriva aux hommes qui osèrent
attaquer la puissance divine, soit en bâtissant
une tour, soit en entassant des rochers pour
détruire le trône de Dieu.

La nouveauté plaît d'abord et finit par séduire
lorsqu'elle flatte les passions, en brisant les liens
qui les retiennent dans de justes bornes. Offrir
à la nature humaine de l'affranchir des devoirs
les plus sacrés, et lui faire entendre en même-
temps que les restrictions qui la privent de la
libre jouissance des plaisirs sensuels sont con-
traires à la droite raison et à la justice divine,
c'est la prendre par le côté le plus faible. Il est
bien difficile à des êtres plus enclins au mal qu'à
la vertu, de résister à des argumens qui séduisent avec autant de force, et qui sont appuyés
de l'assurance que les peines réservées aux méchans ne sont qu'une invention éclose du cer-
veau des ministres de l'Evangile.

Fin de la première partie.